Certifié PEFC

Ce produit est issu
de forêts gérées
durablement et de
sources contrôlées.

PEFC™

10-31-1093   pefc-france.org

ISBN 978-2-7002-3572-2

© RAGEOT-ÉDITEUR – Paris, 2012.
Tous droits de reproduction, de traduction et d'adaptation réservés pour tous pays.
Loi n° 49-956 du 16-07-1949 sur les publications destinées à la jeunesse.

Les mercredis d'Agathe

Texte de Pakita
Images de J.-P. Chabot

Rendez-vous au ZOO

RAGEOT•ÉDITEUR

Qu'est-ce que vous faites, vous, le **mercredi** ?

Moi, ça dépend des fois.

Aujourd'hui, j'ai passé la journée au 🦓ZOO🦁 avec ma grand-mère et mon amie Chloé. C'était top génial !

J'adore Mamouna. C'est comme ça que j'appelle ma grand-mère, la maman de papa.

Dès qu'on se gare devant sa maison, j'ouvre la portière de la voiture et je cours à toute vitesse vers elle en criant :

– Ma Mamouna chérie à moi !

Elle ouvre ses bras et me couvre de **bisous.**

Dans le jardin de Mamouna, il y a Madeleine, Inès, Pépette, des **poules** toutes différentes :

- des **petites,**
- des **grosses,**
- des « avec une **couronne** de plumes sur la tête »,
- des « avec des **pantalons** de plumes sur les pattes ».

Il y a aussi Blanche, Bella, Pilou, Fortiche, des **lapins géants** ou **nains,** et même avec des grandes oreilles qui traînent par terre.

Dans le jardin de Mamouna, il y a aussi Reine et Constance, deux oies qui se dandinent en bavardant. Mamouna dit qu'elles cancanent. Écoutez, je les imite très bien :

— CAN CAN CAN CAN CAN CAN !

Et puis, je ne dois pas oublier Grisou, **l'âne,** et Bouloche, le **cochon vietnamien.**

Aujourd'hui, j'ai invité Chloé à venir avec moi chez Mamouna. Elle adore les animaux et, en plus, elle a un CARNET SPÉCIAL pour les dessiner.

Mamouna nous attendait devant sa maison.

– Deux adorables petites filles avec moi aujourd'hui ? Voilà qui est merveilleux ! elle a dit en nous **embrassant.**

Puis elle a ajouté avec son maxi-sourire :

– Chloé, Agathe m'a raconté que tu aimais beaucoup les animaux, alors j'ai pensé que nous pourrions passer la journée au ZOO.

– Au vrai ZOO ? on a crié. Celui avec des **tigres**, des **panthères,** des **lions**, des **chimpanzés**, des crocodiles, des éléphants, des chameaux ? Hourra !

Pendant qu'on visitait son mini-🦓🐵🐢, Mamouna a préparé le pique-nique.

Et zou ! Dans son sac à dos.

Et hop ! En voiture !

Une heure après, Chloé et moi, on a lu la grande pancarte :

– BIENVENUE AU 🦓🐵🐢 ! Vive les animaux !

À l'accueil, la dame nous a donné un plan.

– Super ! Si on suit le chemin qui est dessiné, on est sûres de ne rien rater, a dit Chloé.

– Et on peut entourer les animaux chaque fois qu'on les a vus, j'ai ajouté.

– Alors mes exploratrices, on démarre par où ? a demandé Mamouna. On suit la flèche qui se trouve sur le plan ou on part à l'envers ?

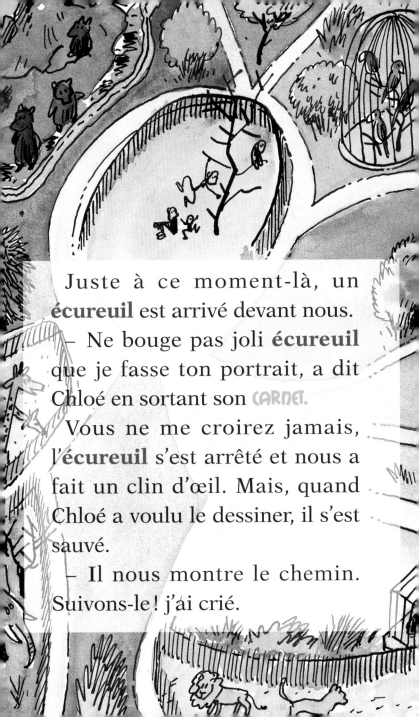

Juste à ce moment-là, un **écureuil** est arrivé devant nous.

— Ne bouge pas joli **écureuil** que je fasse ton portrait, a dit Chloé en sortant son CARNET.

Vous ne me croirez jamais, l'**écureuil** s'est arrêté et nous a fait un clin d'œil. Mais, quand Chloé a voulu le dessiner, il s'est sauvé.

— Il nous montre le chemin. Suivons-le ! j'ai crié.

On a couru toutes les trois derrière lui, mais il a sauté dans un arbre et il a disparu. On a regardé autour de nous. C'était trop beau ! **L'écureuil** nous avait laissées devant l'étang aux **flamants roses** !

– Oh oh ! Il y en a deux qui sont **amoureux !** a dit Mamouna.

C'était vrai ! Pendant qu'ils s'**embrassaient** sur le bec, leurs cous formaient même un **cœur.**

— Regardez ! C'est horrible ! Il y en a un qui n'a pas de tête !

— Hi hi hi, a rigolé Chloé. C'est parce que les **flamants** dorment la tête cachée sous leur aile.

Ouf ! Puis un **paon** a fait la roue en criant « Ahon, ahon ».

Et le **flamant** s'est réveillé.

— Vite ! Je vais le dessiner ! a dit Chloé.

Quand tout à coup, on a entendu un rugissement effrayant : **RRRRRROAH!**

– Les **fauves** ! a hurlé Chloé. Je veux voir les **fauves** !

Et **RRRRRROAH!** Chloé s'est mise à courir en rugissant.

– Et tes dessins ? j'ai demandé.

– On verra plus tard ! **RRRRROAH!** a rugi Chloé.

C'était drôle, alors j'ai suivi Chloé en faisant pareil.

On rugissait en fonçant tête baissée quand **RRRRRROAH!** des rugissements **terribl**énormes nous ont fait tomber sur les fesses de peur. On était devant la cage aux **lions.** Oups! Leurs gueules immenses pleines de **crocs** voulaient nous dévorer!

– Heureusement qu'il y a des barreaux, a chuchoté Chloé.

Juste après, des soigneurs du 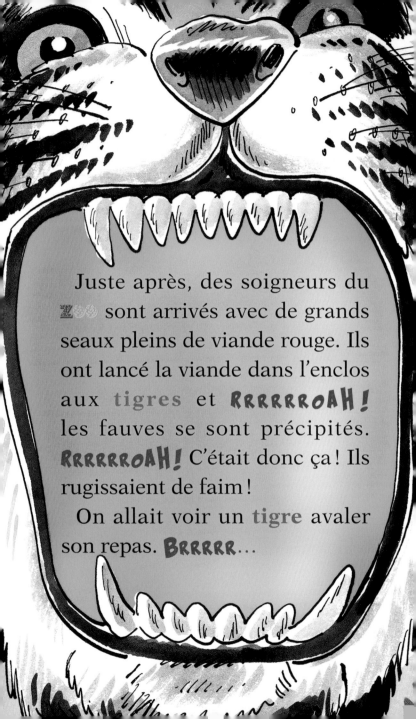 sont arrivés avec de grands seaux pleins de viande rouge. Ils ont lancé la viande dans l'enclos aux tigres et RRRRRROAH! les fauves se sont précipités. RRRRRROAH! C'était donc ça! Ils rugissaient de faim!

On allait voir un tigre avaler son repas. BRRRRR…

Soudain ça m'a fait penser au *petit chaperon rouge* entre les crocs du **loup**. Je sais que c'est une histoire inventée mais moi, j'y crois quand même un peu.

– On peut rester ici ? a demandé Chloé. Je voudrais dessiner cette **panthère des neiges.**

À ce moment, on a entendu :

– **Kikiki… kikiki !**

C'était notre copain l'**écureuil**.

Hop ! hop ! Il a sauté sur le CARNET de Chloé. Puis en agitant sa queue, **kikiki !**, il a tourné à droite.

– Suivons notre ami **Kikiki**, a dit Chloé en rangeant son CARNET. Tant pis pour mon dessin de **panthère !**

Je ne sais pas comment **Kikiki** a deviné que les **chimpanzés** étaient mes animaux préférés, mais il nous a laissées devant l'île aux **singes.**

J'adOOOre les **singes,** surtout les **chimpanzés.** Des fois je voudrais en être un. C'est vrai!

1 – J'adore grimper aux arbres.

2 – J'adore les bananes et...

3 – J'adore faire des grimaces.

J'ai expliqué à Chloé :

– Si tu veux leur dire **bonjour,** fais comme moi.

Et on leur a dit **bonjour** à ma façon. Qu'est-ce que vous en pensez ?

Regardez ce qu'ils nous ont répondu. Trop génial, non ?

Le plus gros **chimpanzé** qui s'appelait Bapo (c'était écrit sur une pancarte) m'a lancé un morceau de pomme.

J'ai tout de suite compris qu'il voulait jouer au ballon alors je le lui ai relancé. Il a tapé dans ses mains en sautant et en criant HAN HAN HAN ! Ça veut dire « bravo » en langue des **singes.** Et moi, j'ai fait pareil !

– Continue, Agathe ! a crié Chloé, je vais vous dessiner.

Elle avait à peine commencé que **ZIOUP !** une peau de banane a atterri sur sa page. C'était Bapo. Il l'avait fait exprès ! Il a gratté son oreille avec son pied en criant : Hihihi.

Ce qui veut dire en langage des **singes :** c'est rigolo !

Vous voulez soigner les animaux ? Rendez-vous à la mini-ferme à 11 h

— Les filles, regardez la pancarte ! a dit Mamouna. Si nous allions à la mini-ferme ?

— Impossible ! Bapo va s'ennuyer sans moi ! N'est-ce pas Ba…

Je me suis retournée. Bapo était tourné vers une autre petite fille qui venait d'arriver. Je me suis sentie toute triste.

Comme d'habitude, Mamouna a compris ce que j'avais dans mon **cœur.** Elle m'a fait un **grozénorme bisou** et m'a dit :

– Agathe, allons à la **mini-ferme** ! Tu vas apprendre mille choses pour bien t'occuper des animaux. Et tu joueras tellement avec eux que tu deviendras leur super amie !

kangourous

autruche

hippopotame

Un monsieur nous a accueillies.

– Bonjour, je m'appelle Patrick, je suis soigneur animalier. Suivez-moi ! Nous allons visiter notre nursery.

Incroyable ! La nursery ressemblait à la crèche où j'allais quand j'étais petite, sauf qu'à la place des bébés humains il y avait deux bébés **crocodiles,** un bébé **autruche** et surtout...

crocodile

éléphant

ours

Il y avait **Pogo**, un bébé **panda** trop TROP mignon. Pauvre **Pogo** ! Sa maman est morte quand il est né. Alors c'est Lisbeth, une soigneuse, qui s'occupe de lui. Elle est sa deuxième maman.

Pogo a, rien que pour lui, une grande chambre-cage avec un hamac et plein de jouets.

Je me suis retournée vers Chloé.

– Moi, je veux faire le même métier que Lisbeth plus tard !

– Et moi, Agathe, je serai vétérinaire dans le même 🦁🐾 que toi, d'accord ?

– Ouiii !

– Maintenant, nous retournons à la mini-ferme donner leur repas aux chèvres, nous a dit Patrick.

Patrick nous a confié deux **chèvres naines,** Lia et Lio. Dès qu'elles m'ont vue, elles m'ont sauté dessus pour manger les **fraises** de mon blouson !

Heureusement, Patrick les a écartées et nous a expliqué :

– Il faut changer leur eau chaque jour.

On a essayé mais Lio a mis ses quatre sabots dedans et on a toutes été éclaboussées !

À la fin de la visite, on a reçu notre diplôme de soigneuse animalière.

– Mes soigneuses, j'ai faim ! Pas vous ? a demandé Mamouna.

– SIIIIIII !

– Alors allons pique-niquer ! Il y a des tables là-bas et même des toilettes. En route, joyeuse troupe !

– **Rrrrrrooooaaaah!**

Chloé et moi, on a rugi comme des **fauves** avant de dévorer un super sandwich **jambon**-beurre-**concombre**-chips écrasées.

On le dégustait quand on a entendu :

– Moi je te dis que c'est un **chameau** !

– Non. C'est un **dromadaire** !

Ça alors! C'étaient Mathieu et Paul qui regardaient les chameaux.

Chloé et moi, on s'est cachées derrière un arbre tout près.

– Deux bosses. Deux syllabes. Cha-meau! a dit Chloé.

Et moi, j'ai ajouté :

– Mon premier est un animal à moustaches. Mon deuxième se trouve dans une phrase. Mon tout est un animal à deux bosses. Chat-Mot!

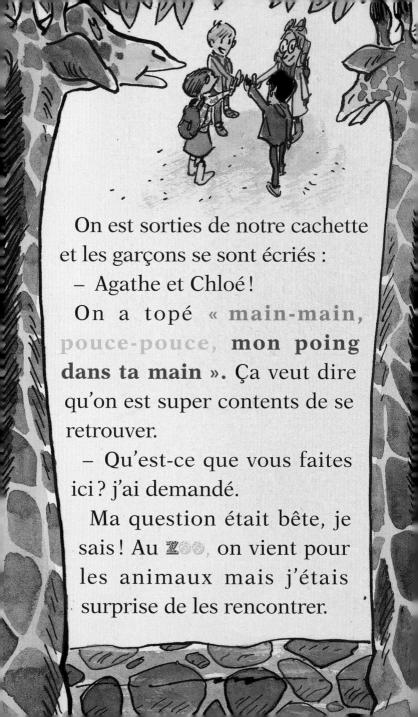

On est sorties de notre cachette et les garçons se sont écriés :

– Agathe et Chloé !

On a topé « **main-main, pouce-pouce, mon poing dans ta main** ». Ça veut dire qu'on est super contents de se retrouver.

– Qu'est-ce que vous faites ici ? j'ai demandé.

Ma question était bête, je sais ! Au 🦓⬤⬤, on vient pour les animaux mais j'étais surprise de les rencontrer.

– On est venus voir des **ordinateurs!** m'a répondu Paul.

On a éclaté de rire.

Ils étaient avec le papi de Mathieu qui est veuf comme Mamouna.

– Si on restait **ensemble?** j'ai proposé.

– Bien sûr!

Et on est allés chercher son papi et Mamouna.

– On n'a pas encore vu les **éléphants!** a dit Mathieu.

– Nous non plus, a répondu Chloé. J'adorerais en dessiner.

– C'est par là, suivez-moi! s'est écrié Paul.

– **WAOUH!** Un **éléphanteau!** Drôle de **gros bébé,** j'ai rigolé, il pèse au moins cent kilos. Si tu le mets dans une poussette, c'est sûr, elle casse même si elle est très solide.

Pendant que Chloé dessinait, on a regardé la **maman éléphant** boire de l'eau avec sa trompe.

– Oh non! a soudain dit Chloé, d'une voix désolée. L'**éléphanteau** est **trop gros** pour tenir dans mon carnet!

Et c'est vrai, on n'en voyait que la moitié.

– Si on allait au vivarium ? a proposé Mathieu. Il y a des **serpents** et des **crocodiles.**

– Bonne idée ! a dit Mamouna. Je vous attends ici au soleil.

– Je reste avec vous, Suzanna, a déclaré le papi de Mathieu.

– Oh oh ! a chuchoté Paul, il l'a appelée par son prénom, il va peut-être y avoir de **l'amour...**

On est partis vers le vivarium. Tout à coup, on a entendu :

– Au secours ! Au secours !

– Quelqu'un est en danger ! Il faut l'aider, a dit Paul.

– Au secours ! Au secours ! Appelez l'**ambu**lance !

On a cherché d'où venait la voix. Des fois, elle était tout près, d'autres fois, plus loin...

Alors on s'est mis à crier :

En une seconde, c'était la panique au 🦁🐘! Tout le monde courait dans tous les sens. Deux **soigneurs** sont arrivés, essoufflés.

– Que se passe-t-il ?

À ce moment, la voix a répété :

– Au secours ! Au secours ! Appelez l'**ambulance** ! Appelez...

Et là, surprise ! Les **soigneurs** ont éclaté de rire.

– Ah ah ah ! C'est Albert, notre **perroquet** du Gabon.

Un **perroquet** s'était moqué de nous ?

Mais surprise, un des soigneurs a expliqué :

– Albert s'est échappé il y a trois jours. Depuis, nous le cherchions.

Et l'autre soigneur a dit :
– Ça y est ! Je l'ai attrapé !

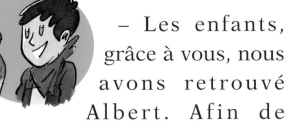

– Les enfants, grâce à vous, nous avons retrouvé Albert. Afin de vous récompenser, voici un **ZOO**-passeport pour venir nous rendre visite aussi souvent que vous voulez.

– Merci !

– **Kikiki !**

– **Kikiki**, te voilà ! a dit Chloé.

– On reviendra bientôt te voir, je lui ai promis, et on t'apportera des noisettes.

– Et·des glands, a ajouté Chloé.

Oh là là! Il est l'heure de partir. Au revoir les amis! Au revoir les animaux! Au revoir **Kikiki!** Au revoir Bapo!

Au fait, vous croyez que le papi de Mathieu et Mamouna vont tomber **amoureux** comme les **flamants?**

Allez, bonne nuit à tous les enfants et les animaux ! Je me demande ce que je vais faire **mercredi** prochain...

Les **mercredis** d'Agathe

Je m'occupe
toute seule

Vive la chasse
au trésor !

Rendez-vous
au zoo

Le club des grands
inventeurs

Pakita aime tous les enfants ! Les petits, les gros, les grands, avec des yeux bleus, verts ou jaunes, avec la peau noire, rouge, orange, qui marchent ou qui roulent, et même ceux qui bêtisent !

Pour eux, elle se transforme en fée rousse à lunettes, elle joue, elle chante, elle écrit des histoires et des chansons pour les CD, les livres ou pour le dessin animé.

Jean-Philippe **Chabot** est né à Chartres en 1966. Avant d'entrer à l'école il dessinait déjà. À l'école, il dessinait encore. Puis il a choisi de faire des études de... dessin. Et maintenant, son travail c'est illustrer des albums et des romans.

Il est très heureux de dessiner tous les jours et parfois même la nuit mais toujours en musique.

Découvrez tous les univers
d'Agathe
sur www.rageot.fr

Achevé d'imprimer en France en août 2012
par I.M.E. - 25110 Baume-les-Dames
Dépôt légal : août 2012
N° d'édition : 5640 - 01